KB095184

작은 거울

작은 거울

권형원 시집

예쁘고 좋은 것만 다가와 안을 수 있기를 원했다

자신이 예쁘고 좋을 수 있다는 생각은 아예 하지 않았다

달려가 웃을 일도 게으르고 인색한 채

돌아선 마음 붙잡을 생각은 더 작고 미적거렸다

나는 왜 활짝 핀 꽃이 될 수 없을까

좋은땅

시인의 말

그들은 무모하리만큼
혹한 겨울을 뚫고 나와
움을 트고 꽃을 피운다

부르는 이도
약속한 이도 없는데
그 힘든 여정을 어찌 오는 것일까

그 누가 기다리리라
믿고 오는 것일까

아무하고도 약속하지 않고
누구하고도 귓속말하지 않았지만
그를 본 이들은 반긴다

나도 그리 나오지 않았을까
나는 누가 반기는가
나도 세상에 피어났다 지는 꽃 아니런가

2024. 7.
心傳 권형원

차례

2부

사랑으로

3부

믿음으로

4부

열정으로

5부

추억으로

6부

웃자고

1부
꿈으로

인생은 무섭게도
무섭지도 않게도
늘 생각하는 대로 따라가는
날들이 된다

청춘

한강 백사장을 겨냥한 낙하가
여의도 빌딩 창틀에 부딪힐 때
용암 속 찰나의 갈증은
죽음을 피한 생존이 되더라

광야에 길을 내는 사람은
바람 속 부단히 대롱인 만큼
마음 시린 여명의 기적을 보더라

힘들게 걸은 만큼 풍경이 남고
어렵게 헤매던 만큼 가치를 찾아
꽃밭이 뵈는 출구 앞에 서더라

주야로 바라보는 높은 산
풍상을 다독이는 거목 되어
은빛 찬란한 삶을 빚더라

고드름

고추바람 칼날 속에서
밤새 얼을 키우면
처마 낮은 집 고드름도
길이는 비슷해

주릴 때 밝힌 눈으로
뭉뚝한 것을 잘 골라
사다리로 엮으면
지붕 위로 오를 수 있어

느껴 보지 못한 바람에 실려
바라보던 하늘을 새처럼 날고
신비한 은우를 만날 수 있어

무궁화

기쁜 자도
슬픈 자도
서러운 자도
하고 싶은 말 담고 있는 자도

그대는
가슴의 꽃

그대는
바람으로 읊조리는
열망의 눈빛마다

평화로운 꽃잎으로
온 세상 덮어 주어야 한다

촛불

너를 만나기 전에는
바람은커녕 몸뚱이도 모르는
한 점 무지렁이였지

너의 기원을 듣고서
숨 쉬는 바람이 되었고
평화와 안녕의 함성을 돕는
촛불이 되었어

너의 바람 가운데로
저벅저벅 걸어가는 영혼이 되어
남은 뼈가 까맣게 탈 때까지
염원을 밝히고 스러지는
어둠 속 빛이 되었어

눈물 흘리고 난 뒤
한 줄기 연기 속
평화의 글씨가 되었어

좋은 집

너의 창고는
생각대로 쌓였다가
문을 열면 말이 되어 나온다

말은 행동이 되어
사람들 사이를 잇고 이어
나름 살아가는 집을 만들고

요모조모 다듬어 가꾼 집은
성격이란 지붕의 얼굴빛이 되어
거부할 수 없는 운명으로 나아간다

인생은 무섭게도
무섭지도 않게도
늘 생각하는 대로 따라가는
날들이 된다

날고 싶은 하얀 꿈

하찮은 알곡부터
흩어진 미진까지 긁어모아
임에게 고해하고 나면
하얀 깃털 하나가 돋는다

누군가 애욕의 사막을 벗어나면
오아시스를 만날 수 있다 했다
하얀 날개털이 찰 때까지
모래 먼지 토해내며
별빛 사막을 걸을 것이다

파도 위를 나는 하루살이가
숨 쉬러 솟구치는 고래를 보며
자유로이 날 수 있는 은총에
애욕 참는 숨을 쉰다

봄이 오는 창

따끈한 커피 잔 속에
불씨 남은 벽난로 속에
그리운 사랑이 다가온다

홀로 걸어가는 소녀의 우산 뒤로
떠나지 못한 한 조각 서글픔이
물기 먹은 눈 언덕 허물어지듯
한 방울 눈물로 글썽이다 떨어진다

소풍 오는 전령들의 발걸음에
껍질 속 알 터지는 소리 들리고
헐벗어 앙상하던 뱃가죽 숲도
잠 깨는 바다처럼 꿈틀거린다

새소리 물소리 바람 소리
겨울을 이겨낸 몸짓들이
방학을 끝낸 아이들처럼
초롱초롱한 등굣길이 되었다

새싹이 돋고 꽃잎이 피어나고

샘가로 구름이 지나고
야생화 사이로 소녀가 길을 간다

정처 없는 걸음 속에
사랑의 잔영을 다 모아도
미완으로 끝나는 서글픈 홀 사랑
겨우내 창밖을 서성이며
침묵해야 했던 마른 가지처럼
꽃샘추위를 견디는 소녀 종아리처럼
창으로 달려가 해를 붙들고
애절하게 사랑을 구걸한다

가슴 아팠던 배고픈 그리움에
사랑을 알면서도 모른다며
눈감아야 했던 고통 속에
섭리를 알고 해빙을 가늠한
기다린 자만이 느끼는
어마무시한 꿈들이 창가로 모여들고 있다

홍매화

산바람에 쓸려 번질거리는 토방에
신발 놓이고 방문 닫힌 지 오래다

눈 꼭 감은 채 동지섣달
쥐꼬리만 한 햇살 모아
적금 타 웃는 맏딸 홍매화

보릿고개 적금 풀어내듯
어린 가지 새 입김 불어넣어
숨통을 틔운다

알 깨고 나오는 빨간 주둥이처럼
보일락 말락 새색시 붉은 치맛자락

파르르 뚝
시집살이 새색시 눈물처럼 내뱉은 한마디
봄이요!

목련이 피는 날

익숙지 않은 햇살이
뱅뱅 돌고

촌각을 다퉈 상앗빛 꽃잎이
벌어지는 날에는

우는 사람도
싸우는 사람도 없다

봄바람 감기는 치마 입고
분홍 구두 신고 훨훨

모두 하늘을 쳐다보며
상앗빛 초밥을 먹으러 간다

어느 봄날

술잔을 가져오소
내 앞에 임이로세

못하는 술일망정
임도 한잔 하리란다

세루일랑 묻지 마소
임의 얼굴 잔에 있네

추니가 깊을수록
고운 눈길 차오르고

세상 시름 모든 번뇌
솔래솔래 사라지네

누울 곳도 보지 마소
정든 와실 빈방일세

본동에 달 뜨거든
내 님 안고 지새려네

민들레꽃

늦서리에 수그린 가을이
벌판을 지나도

너를 보던 눈빛을
기억하고 있겠지

내가 떨던 순간을
잊지 않고 있겠지

부끄러운 네 마음도
간직하고 있겠지

내가 돌아서던 날
너도 채비하고 있었지

뒤로 감춘 하얀 보따리
걷어차던 내 발길
기억하고 있겠지

주고픈 선물

사월 어느 날
봄바람 잔잔하게 살랑거리는 날
무릎만큼 자라 배가 뭉툭해진
보리밭 고랑에 들어가 본 적 있는가
빽빽이 우거진 청보리 밭에 몰래 들어가
흰 구름 하늘을 바라보며 꿈같은 사랑
그런 충동 느껴 보지 않았는가
아무도 모르게 짙푸른 보리밭 속을
둘이 뒹굴며 쏟아지는 봄볕 그늘에
팔베개 베고 누워 잠들어 본 적 없는가
내가 만약 부자가 된다면
내게 만약 기회를 준다면
바다만큼 너른 들판에 보리씨를 몽땅 뿌려
빽빽이 우거진 보리밭에 청춘들을 불러 모아
벌러덩 드러누워 흘러가는 흰 구름을 보면서
맘껏 영혼의 시를 쓰게 하겠네
눈 위에서 지저귀는 종달새 노래 따라
해 지도록 사랑 노래 부르며 뒹굴게 하겠네
내가 만약 부자가 된다면

그 길 끝에 가면

그 길 끝에 다다르면
낮에는 개미가 노래하고
베짱이가 베를 짜고
흥부 각시가 주걱으로 밥을 푸고
벽계수 폭포 아래 물놀이를 마친 매미가
바위에 걸터앉아 젖은 옷을 말리는 사이
웃자란 나뭇가지는 구름을 막아서며
자고 가라 실랑이를 벌인다

오랜 어제부터 깊은 산고랑 연창 소리 정겹고
손끝에 와닿은 가난한 흙냄새 나풀대면
싸라기 햇살에도 알싸한 발아를 꿈꾼다

허기 지나쳐 잊어버린 해거름에
비단결보다 비싼 태양은 숨을 거두고
별빛 밟아 계곡 길 졸졸 걸을 제
어둠이 익은 발걸음 앞서 꽃자리를 펴고
산고랑 밭에서 남겨 온 땀방울이
두실와옥 흙담 벽에 하얀 미소로 피어난다

고독은 충전 중

하루를 귀가한 페르소나
고독이 전선을 흐르면
경계 없는 사색은
목마름을 충전한다

시공 없는 무아에서
차진 의미의 전류를 보내
무딘 입술을 뗀다

말 막혀 더듬거릴 때마다
욕망을 빼고 미소를 더하면
하얀 파도 위를 갈매기 되어 난다

바위 같은 고독은
푸른 이끼 낀 영혼을 열고
날아가는 꿈을 충전하는 중이다

슬픈 이웃의 가시거리

삶의 닻을 내린 대지
땅은 잠시 쉬어 가는 쉼터일 텐데
눈뜬 하늘이 고단함 속이라면

고개 들 겨를도 없이
메마른 땅을 파는 사람들
황량한 땅 가시덤불 속에서
파란 잎을 따 모으는 사람들
아주 먼 곳까지 물을 긷고
어둠이 내려서야 희미한 삶의 무게를 털고
맨땅 위에 먼지바람을 덮고
굶주린 침묵의 밤을 건너는 사람들

태양이나 시간은 배고픔으로 내모는
기계일 뿐 숨 쉴 여유도 걸어 가는
그들도 정녕 바람과 구름과 별의
속삭임을 느낄 수 있을 텐데
그들 곁의 자연은 어떤 희망일까

청담역을 지나면

오묘한 카오스 청담역을 지나면
외모가 달라 뵈고 빈자리가 없어도

숨을 참고 어둠 속을 달리다 보면
덜거덩 눈이 번쩍 가슴이 활짝
드디어 서울이 대문을 연다

도도히 흐르는 한강물 위로
달빛 가득 적시어 온다

귀가도 출근처럼 의지에 찬 모습
꼬부랑 골목처럼 이물 없는 표정들

공원길 대폿집 아낙네 앞치마 붉고
마당 한 귀퉁이 강아지 두 발 들어 반기고

방 안 불빛 환히 새어 나오는
포근한 강북 집으로 가는 길이다

2부
사랑으로

내게 이르노니
여러 날을 장담하지는 말아라
세상에서 묶어 놓지 못할 것은
정인 것 같더라
세상 어디에도 움직이는 정
옴짝달싹 묶을 끈은 없더라

작은 거울

예쁘고 좋은 것만
다가와 안을 수 있기를 원했다

자신이 예쁘고 좋을 수 있다는
생각은 아예 하지 않았다

달려가 웃을 일도
게으르고 인색한 채
돌아선 마음 붙잡을 생각은
더 작고 미적거렸다

나는 왜 활짝 핀 꽃이 될 수 없을까

이렇게 살고서 어떤 모습으로
시들 수 있을까

지나는 사람들에게
어떤 모습으로 남을까

사랑 한 그루

나를 사랑하고
나라를 사랑하고
내 가족을 사랑하고
내 부모를 공경하면
사계절 꽃이 피는
꽃밭이 된다

나의 사랑은 희망이 오고
나라의 사랑은 뜻있어지고
가족의 사랑은 훈훈해지고
부모를 공경하면 온전해진다

사랑에 자신이 없어
넷에 하나만 사랑하여도
세상에 나무 한 그루를 심은 거다

세상에 없는 끈

아직 오지 않은 너에게
강요하지 않는다
찬찬히 둘러보고 오너라
너는 아닌 척하지만
맘으로 가는 길은
번들거리는 샛길이 많단다

내게 이르노니
여러 날을 장담하지는 말아라
세상에서 묶어 놓지 못할 것은
정인 것 같더라

세상 어디에도 움직이는 정
옴짝달싹 묶을 끈은 없더라

미워하지 말아라
묶으려 하지 않아도
해 지면 뱃놀이 마치고 갈 테니

뜻밖의 사랑

별다른 영혼 없이 살아도
섬광을 볼 때가 있어요

별다른 생각 없이 사는 동안
가슴이 벅차게 뛰는 때가 있어요

강한 충돌로 오는 섬광처럼
혼돈 속에 빠지게 되는 때가 있어요

『매디슨 카운티의 다리』에서
『타이타닉』에서

프란체스카를 만나고
로즈 도슨의 일탈을 숨겨요

의도하지 않아도 안겨 오는
알 수 없는 행운이 있어요

바람 속에 피는 꽃

이유 없이 바람이 좋아지면
분명 사랑이 오고 있어

바람을 아는 바람은
간절할 때 다가와

바람 없이 오는 바람은
헛바람이야

공허할 때 찾아들어
구멍만 키우고 가

진심으로 기도한 바람만
꿈결처럼 다가와

바람 속에 좋아지는 바람만
임처럼 볼 일이야

바람에 흔들리면

계절을 다 돌아도
시선을 거절하는 꽃은 없더라
볼 때마다 흔들리는 꽃이
더 아름답더라

공원 뜰에 걸려 있는 자물통 맹세조차
해거름에 관능적 모습 보일 때
부는 바람에 살랑 반짝이더라

진심은 외로운 구석으로 흔들리고
흐릿하던 눈길은 또렷해지더라
간절할수록 여릿해지고
여릿할수록 간절해 뵈더라

길가의 꽃처럼 스쳐 주기만 해도
흔들거리며 아름다워지더라

피어나는 말의 꽃

사랑은 징검다리
건너고 또 건너면
멈칫멈칫 솟아나더라

베고 또 베어도
이어선 벼 포기처럼
농부의 손길 재촉하더라

마차 지나는 무단 횡단조차
말의 꽃으로 피어나
호두 알처럼 흔들리다
능소화처럼 담장을 넘더라

오는 날들이 귤피처럼 졸아들어도
가을밤 초승달마냥 비춰 오더라

세상 뭐래도 숨겨진 말의 꽃이
숭고로운 예술로 피어나더라

행복한 짝사랑

보면 보일 듯
만지면 만져질 듯
펴 보고 만져 보기 두려운
임의 마음입니다

하지만 행복합니다
보는 것보다 만져 보는 것보다
임의 마음에 들어갈 수 있어 좋습니다

임 몰래 임의 마음에 들어가
임을 느껴 볼 수 있어 좋습니다
임의 마음에 들어가도 들키어
혼나지 않아 좋습니다

임 모르게 짝사랑할 수 있다는 것이
그 어떤 선물보다 좋습니다

마음속 화석

나는 당신을 좋아합니다

겉으론 내키지 않은 척하지만
무척 좋아합니다

내 가슴속이 용암처럼 끓고 있어
당장 그대 곁으로 달려갈 수 없습니다

그대가 뜨거워 달아날지 모르니
말입니다

봄비 오는 날
그대 곁으로 다가갈 겁니다

그런 다음 당신을 절절히 데우고
힘껏 껴안아

꼭 녹아 붙은
아름다운 화석이 될 것입니다

달맞이꽃

언젠가 피어날 꽃이라면
조급해하지 말아라
차분히 기다려 피어도 좋은 때 맞더라

언젠가 피어날 꽃이라면
서두르지 말아라
고요한 밤에 피어나도 반기는 이 많더라

번잡한 한낮 햇무리 아래
두리번거리다 그을린 눈길보다
은은한 달무리 아래
고요히 피어난 꽃잎이 청초해 뵈더라

호시절 무시로 따로 오나니
눈길에 쫓겨 조급해하지 말아라

밤에 피어도 이슬 맺히는
사랑 꽃이 숭고해 뵈더라

네 마음의 팻말

너는 계절 흐물거릴 때쯤이면
또 다른 꽃을 찾겠지

니는 피어나는 꽃보다
웃는 네 얼굴이 더 예뻐

계절 따라 피는 꽃이야 시들 테지만
볼 때마다 생글생글 미소 짓는 네 얼굴

너의 웃음은 자꾸 피어 번지는
계절 없는 꽃밭이야

내 마음은 죽을 때까지
네 꽃밭을 지키는 팻말이야

여문 네가 좋다

봄바람에 품었던 뭇사랑은
흔적 없이 지워라

가슴속 나이테로 돌더라도
한 계절 파시로 여겨
다른 이에게 남은 정 있다 말아라

다른 계절이 와서 풍물시장 연다 해도
내 사랑 익혀 떨굴 때까지
따라나서지 말아라

이젠 느낄 수 있을 만치
여문 씨를 잉태하는 네가 좋다

지난 계절 그리워
내 사랑 익힌 너를
까만 밤 꽃잠으로 재우리라

참사랑

임이랑 있으면
하루가 백 년이요
백 년이 하루더라

하늘가 구름이 임의 고운 손길이듯
두 손 잡은 임의 손이 세상의 품이더라

기다림 없는 사랑은 익다 만 풋사랑
그리움도 모른 채 떠나는 철새더라

마른 눈물 뿌린 정은 속없는 짝사랑
긴 그리움에 미운 정만 남더라

첫사랑일지라도 미움 없는 눈물을
내 슬픈 열정인 양 훔쳐 닦고 지내 보면

세월만큼 진한 사랑
곁에 웃고 있더라

집안의 꽃

너는 꽃이 아닌 양
꽃이다

항상 그 자리에
피어 웃는 모습이
영락없는 예쁜 꽃이다

계절도 없이
피워내는 온화한 향기가
천상의 고운 꽃이다

집안을 감싸는 미소는
거친 세상 뒤안길처럼
지친 영혼을 쉬게 하고

집 나설 때 다독이는 손길은
거센 바람도 헤쳐 가게 하는
빨간 동백꽃잎이다

집안 꽃 가꾸기

이른 아침 산책길
이슬을 덮어쓴 예쁜 꽃
온종일 기분 좋을 꽃이다

집에 돌아오니
먼저 와 자고 있다

날아갈까 봐
깨우지 못하고
바라만 보았다

그러다가 조용히
쌀을 씻는다

키 작은 꽃

열어젖혀 들어서지만
나올 땐 매끈하게 자르지도
환하게 웃어 보내지도 못하고
어정쩡 무딘 세월에 맡긴
계절이었지

비가 내리고 바람 불 때마다
너만 생각해 잠 못 이룬 건 아니야
잠이 오지 않아 꽃들을 생각했을 뿐

떠난 너는 곧추서도 잘 뵈지 않는
꽃밭 가운데 키 작은 꽃
흔들리며 내게 웃던 키 작은 예쁜 꽃

나는 너를 너는 나를
서야 보이는
마음 흔들리면 보이는 꽃이지

하얀 나비 꽃

석양 녘 마른 억새 되어
마주하는 서걱임은 잔정 남은
미풍으로 여기리라
한때 푸르름을 함께했음이
초야에 당도한 이후로도
고뇌 없는 온기로 기억되고 있노라
별빛에 숨죽이던 날들이
이 세상 모든 설움 녹일 수 있는
마지막 가루가 되는 화염보다
더 뜨거운 정열로 로시난테 등에
남아 있다
너는 생애를 통해 안아 본
가장 뜨거운 태양이었고
보석만큼 빛나는 눈동자
매혹적인 백합의 향기를 가진
들길을 나풀대던 하얀 나비였다
다행인 것은 억새밭에서도
용케 함께한 사랑을 찾아내는
하얀 나비 꽃으로 남아 있다

충장로 우체국

못다 버린 그리움은
너만큼 아름다운 완성으로
유리 벽 그리움 속에 남아 있다

가을바람 우체국 계단 밑
바람결에 떨며 뒹굴던 은행잎
총소리 정적 후
쉼 없이 쓰러지는 갈대 맘 되어
촌음 속 미소라도 품고 싶었다

다한 사랑 가진 사람 없을 테지만
가장 아름다운 너를
눈으로 알아버린 세상은
슬픔 하나만 남았다

토란잎에 앉은 물방울 같은
네 마음과 함께한 짧은 세상은
죽는 날까지 사는 이유일 거다

3부
믿음으로

그대 길 가다
백두대간 뼈마디 고통으로
외롭고 서러운 맘 들거든
자생이라는 큰 나무 그늘로 오시게

논현동에 가면

강남대로 논현동에 가면
시원한 그늘이 있다네
의義로써 싹터 의醫로써 자란
자생이라는 거룩한 나무 그늘이라네

암울하던 옛적
독립의 싹을 틔우고
꽃으로 피어났던 그 씨앗이
메마른 논현동 광야에서
긍휼지심 사랑을 펼치고 있는
거룩한 선자의 얘기라네

그대 길 가다 백두대간 뼈마디 고통으로
외롭고 서러운 맘 들거든
자생이라는 큰 나무 그늘로 오시게

젊을 적 웃음이 저절로 살아나는
시원한 그늘이 돼 줄 테니

내 땅 독도

그것도 모르면서
반성하는 얼굴빛도 아닌 것이
무심결 지르고 지나치려 할 것이다

와락 붙잡아 따져 묻고 싶지만
나는 나처럼 기차를 타고
그 옛날로 갈 것이다

거짓도 자유지만
홀로 외로워진다는 것

꽃을 모르겠거든
씨를 보고 말하여라

내 맘까지 네 것이라 할라치면
나를 사랑해 보아라

정 가는 사람

사소한 것이
더 소중한 사람

안 보듯
눈에 띄어 박혀

오래오래
남는다

더는 보지 않아도
믿게 되는

마음 속
짝이 된다

기억할 축복

어디나
끝은 있다

거기서 맴돌거나
더 가는 건 네 몫이다

네게 준
가장 큰 선물은

남을 볼 수 있는 시선이 아니라
네게 준 만족이다

친구

우린 서로 알고 있지
세로축과 가로축을

내밀 손가락
가위바위보까지

우린 서로 느끼고 있지
나의 염려와 너의 기원을

소리 없이 도움 주는
짠한 뒷모습까지

봄 지나 겨울이 와도
세한도의 소나무 잣나무처럼

서로 장무상망 새기는
넉넉한 눈물이 있지

풍선 같은 사람

누구나 풍선을 보면
반가워하고 좋아한다
모나지 않고 둥글고 가볍고
예쁜 색깔에 좋아들 한다

하지만
많은 기대는 하지 않는다
든 게 없는 홑겹이기 때문이다
오래도록 함께할 것도 아니기 때문이다
가끔 풍선 같은 사람도 있다

기도라는 출구

기도합니다

조그만 상처가 나거나
출렁기려 어지러울 때
마주하기 무서울 때
혼자될 것 같을 때
우리는 기도합니다

덧없이 나으려고
넘어지지 않으려고
곤혹스럽지 않으려고
외롭고 슬프지 않으려고

그때서야 두 손을 모아
성호를 긋고 출구를 묻습니다

기도라는 비밀번호로
문을 엽니다

꽃병이 되리라

너로 일렁이는 생각은
깜박임도 멈춰버린 눈꺼풀
잦아드는 호수의 윤슬 위
마음 비운 빈 배 되었다

너로 물든 마음은
꾸밈없는 다솜의 노예 되어
피지도 않은 꽃밭 앞에서
미소를 그리는 화가가 되었다

너로 채워진 기도는
숨김없이 고백하는 성자가 되어
낯익은 보금자리 탁자 위
한 송이 꽃을 반기는 꽃병이 되었다

밤은 거름망

노래하는 새는 밤마다
아름다운 목소리를 다듬고
피어나는 꽃잎은 밤마다
고운 모습을 꿈꾼다

밤을 대충 보내는 이
밤을 거르고 걸러 보내는 이

인간의 밤은 뿔이 솟고
눈과 입에는 가시가 돋고
가슴에는 음흉한 털이 자란다

밤마다 거친 언행을 걸러내고
솟아나는 탐욕의 털과 뿔을 잘라
선한 심성만 남게 해야 한다

밤은 맑은 영혼으로 걸러 담을 수 있는
신이 주신 거름망이다

내일은 씻고 오너라

어둠이 내려온다
오늘 하루 얼룩진 발길
씻으라 내려온다

어둠이 덮어 온다
오늘 하루 긁힌 흠
메워 지우라 덮어 온다

누구도 못 본 흠을
어둠으로 감싸 주며
참회로 잘 씻고 나오라 한다

성심껏 씻고 나오면
희멀건 새벽을 보내 살펴보고는
또 한 번 환한 하루를 열어 준다

번쩍이는 부싯돌

모든 것은 부싯돌처럼
기도하는 동안 희망으로 살아납니다

기도가 막히면
부시 없는 부싯돌이 되고

다급할 때만 부르면
순간 번쩍일 뿐 타오르지 않습니다

숨을 쉬는 동안 기도 유지가
불을 밝히는 부싯돌과 부시입니다

신이 아는 쾌락

일찍이 고요 가까이 가는 시간이
가장 달콤한 여행인 것을
영혼의 멜로디로 흘러든거나
촉촉한 향기로 맴돌았다

아름다움을 그리는 상상은
신이 알 듯 모를 듯 놓아준
인간 욕망의 경계 시간인 것을
신의 경지에서는 아무짝에도 쓸모없는
무아에 헛된 바람을 놓아준 탐미인 것을

쇼펜하우어의 고통과 무료함 사이에서
상상 여행의 미아가 되어 누리는 것이
인간 세상의 낙원인 것을
신은 알고 있다

부처님 나라 콜센터

산길 끝 산사 가는 길
봇짐에 싸서 담아 온 바람

가는 길 자투리마다
작은 돌탑들이 겹겹이 쌓여 간다

저 많은 바람 저 소원을
언제 다 듣고 언제 다 헤아려 지치기 전에 처리해 주실까

부처님
부처님 나라에는 콜센터 없나요

달마산 도솔암

임 찾아 땅끝 가는 길
달마산 오르는 길에는
봄잠 깨우는 안개비 내리고
소금기 머금은 해풍 불어 울어
임 아니 계실까 걱정했노라
춘풍에 곤잠 깬 산모롱이 진달래꽃
임 마중 나온 양 꽃샘추위에도
웃는 입 다물지 않고 반겨 주누나
절벽 치닫는 남해 꽃샘바람
도솔암 지붕 위를 휘돌고
바위틈 사이에 정좌한 암자는
바다 먼 하늘 끝 긴 합장에 숙연하다
문고리 질러 놓은 쇠붙이가
노스님 출타를 알리니
봄바람이 암자를 떠나지 못하고
절 마당을 뱅뱅 돌고
딸랑거리는 풍경 소리에
산새가 처마 밑을 들랑거리며
오가는 나그네를 헤고 있다

바닷가의 꿈

바닷가 모래밭에 하얗게 부서지는
파도를 긁어모아 큰 붓에 듬뿍 묻혀
절벽에 집을 그리니 떠난 임이 오누나

바닷가 하늘 멀리 빨갛게 번진 노을
두 손에 듬뿍 묻혀 임 얼굴 그려내니
꿈속에 그리던 임이 내 품 안에 드누나

4부
열정으로

깊은 산속 소나무도
세상 위해 저러는데
여의도 소나무도
저런 모습 보였으면

그래도 나는 좋은 거다

문득 사드락 사드락
멀어진 날을 보니
하늘 아래 바람 속에 있었다

그 바람 속에
해가 지고 달이 뜨고
별빛처럼 울기도 했다
언제나 마주 선 바람은
소망이 그리운 추억이었다

부를 수 없는 시간 속에
그래도 네 사랑 보고 웃는
하늘이 있고 별이 있고
바람이 있었다

내가 없어도 그 바람 속에
사랑했던 너
네가 있어 나는 좋은 거다

아름다운 길

하늘에도
땅에도 길은 많지요
생각만큼 길이요
고운 맘만큼 생겨난대요

하늘로 난 창을
예쁜 생각으로 바라보면
더 확연히 보인대요

모두 집으로 가는 길
누구든 광야로 발걸음을
한 걸음 한 걸음 옮기다 보면

들꽃 향기를 지나
알 듯한 성자를 만난대요

아름다운 집으로 가는
성자를 만난대요

새의 자유

날아가는 새들의
자유로움

새가 아닌
인간들이다

게으른 인간의
창공은 자유지만

먹이 찾아 날고
먹이 되어 쫓기는

창공은 그물 속
날갯짓은 생존이다

이른 아침 복잡한 길을
출근하는 자동차처럼
여행이 아니다

가난한 마음 접기

조건만 따지는 넋두리
펼치기는 마냥 쉬운 일이지요

접어 숨기는 어려움 알기까지는
양심과 오랜 상한 이웃 되지요

감히 돌아보지 못한 양심 때문에
굽은 손가락이 새벽별을 가리켜도

걸어온 무릎을 허투루 접는 일은
넘어가는 해가 의아해할 일이지요

시장 파하는 골목에서
익숙한 위선의 시선을 접느니

차라리 어리석은 마음을 자를 가위를
찾는 일이 더 쉬운 일인지 모르지요

속리산 큰 소나무

속리산 개울 건너
넘어진 거송이여
긴 세월 견딘 풍상
외로이 누웠구나

다람쥐 건넛마을
쉬이 건널 수 있게
등짝을 내어 주어
개울 걸쳐 누웠구나

깊은 산속 소나무도
세상 위해 저러는데
여의도 소나무도
저런 모습 보였으면

통과의례

기쁨의 잎을 키우는 동안
바람은 내내 등불 곁을 맴돌고

대나무 마디가 푸른 저수지처럼
비바람을 견뎌내는 동안
무상시 들고 가는 등불은
시련을 맞는 뻐근한 노래가 되지

땡감인 양 떫어 버릴까
이성이 매몰차 올라도
따가운 햇살과 차디찬 서리로
멍을 채워 단맛이 들어가듯

바람의 등을 타고 오르려면
춤을 추는 추니 곁에 새는 밤처럼
열등의 화염에서 몸부림치는
고통스러운 바람의 돌담을 쌓아야 하느니

뭇 그러하더라

흔들릴 때만 세상을 보고
뭐라 하더라
독한 알코올을 찾고
저보디 서툰 욕설 뱉을 놈들을 찾고

찢어진 사랑
다독여 줄 만한 여자를 찾고
어둠 속에서 밝은 세상 쥐 잡을 듯
부지깽이를 찾더라

흔들리는 가지는 못 본 체하고
꿋꿋이 선 나무에다 설욕하고는
어둠 속 불 밝히고 선 전봇대까지
도리어 못마땅해하더라

같은 고향 찌푸린 친구를 만나
술 한 잔을 비우고 나면 뭇 그러하더라

라디오 듣기

라디오가 있다

켜진 라디오를 귀퉁이로 돌리면
맑은 소리가 잡힐 때도 있지만

잡음 소리가 더 많고
울퉁불퉁 끊겨 불안하다

가운데로 갈수록
또렷하고 선명한 소리가 잡히고
편안히 들을 수 있다

한사코 가운데로 길을 걸어
맑고 고운 소리 들으며
막힘없이 걸어가고 싶다

반가운 너

그들은 무모하리만큼
혹한 겨울을 뚫고 나와
움을 트고
꽃을 피운다

부르는 이도
약속한 이도 없는데
그 힘든 여정을 어찌 오는 것일까
그 누가 기다리리라 믿고 오는 것일까

아무하고도 약속하지 않고
누구하고도 귓속말하지 않았지만
그를 본 이들은 반긴다

나도 그리 나오지 않았을까
나는 누가 반기는가

사랑의 정체

왜 빈손에
낮과 밤을 주셨을까

낮에는
사랑한다며
사랑을 찾고

밤에는
사랑한다며
사랑을 확인하고

아침이 되면
사랑에 지쳐
고민에 빠지는데

플라톤의 〈향연〉에 빠져
언제까지 헤매야 할까

흔히 말하는 사랑

사랑은 손안에
짝 맞은 카드를 쥔 것처럼
펴 볼 때마다 가슴 뛰는
노을 속에 도드라진
들기 좋은 여행자 숙소이다

언어를 거르고
삶의 영혼을 섞어 봐도
걸리적거리거나 모난 게 없어
다 밀치고 훌훌 벗고
생을 태우는 모습이다

이리저리 부는 바람 앞에
알곡 고르는 키질 안 하고
겨 먼지 안 써 본 사람들은

이리 굴리고 저리 굴리고
저르륵 저르륵 까불고 남은
버릴 쭉정이만 얘기한다

나팔꽃 그 여인

그녀는 목소리부터 새소리다

아침을 깨우는 청아한 새소리
햇살처럼 다정하게 조잘대는 새소리
밤이면 다소곳이 고개 숙인 새소리

동그란 얼굴에 묻어나는 미소
갖고 싶은 건 사랑이 아니라
쳐다보노라면 새어 나오는 정이다

봄여름 계절 없이 뒤안길에 피어 웃는
인간이 가야 할 선을 지켜 가는
청초한 나팔꽃 여인이다

예쁜 너에게

아직 덜 익은 너는
때론 강아지 잃은 아이처럼 우울해하다가도
걷다가 소나기 피하며 파안대소하는
그런 하얀 꽃이었나
달려가다 신발 벗겨져 놓친 버스
걷는 오기도 있었다
파도가 없었다면
네가 찾는 바다였겠느냐
장미에 많은 가시가
더 예쁜 꽃을 지키고
고소한 잣 맛보려면
궂은 송진 묻혀야 한 거지
사랑싸움하는 부부가
아침나절 더 담백하고
싸움 못 하는 부부가
더 서먹해 위험하더라
계절 일찍 제 맘 따라 꽃필 때
제일 예쁜 꽃이 되더라
맘 가는 대로 펼쳐 피어 보아라

난가의 죄

안빈 일념이 깊은 속에 자리해도
주렁주렁 달리는 연민의 하소연에
숨 쉬는 일만큼 세정에 숨이 차네
동행 아니하고 앞서가는 세상은
자고 나면 딛고 섰던 땅은 그대론데
기억해 온 미립은 열 수 없는 열쇠로세
잔도 아래 노화되어 모도리를 꿈꾸니
상념으로 쫓기어 숨까지 차올라
홀로 선 모퉁이에 빈 병만 늘어 가네
궁경가색으로 푸르르던 초심은
별빛 한쪽 눈물도 훔치지 못하고
맹아마저 스쳐버린 무심한 표정 되어
부단히 꽃은 꺾였고
달은 외롭게 넘어지고
별들은 이유도 모르고 울었다
오롯한 달 항아리 현혹된 자리에서
지게를 버려둔 채 한심한 난가 되어
절창을 못 보는 무능한 죄로다

낯선 시공의 꽃잎
도나우강 강가에서

아침 강가 잿빛 구름 사이로
터진 침묵이 새어 나오고
간밤 꿈을 안은 해오라기가
바람보다 고요히 수면 위를 난다

평화를 밟아 배신이라 슬픔 줬던
설익은 시간은 신기루처럼 사라진
겸연쩍은 상처가 되었다

한 방울 파문을 옹이처럼 피하면
거침없는 웃음이 자유 되어 찾아들고
그때의 슬픔은 언제든지 소환할 수 있는
마음 속 문신 같은 추억이 되었다

누구나 마음속 눈물이 별빛 되어 내리면
겉마른 꽃잎도 시공의 잉태를 서두르고
눈 뜨면 꽃잎 미소가 허함을 내쳐
소리 내어 웃는 현실이 된다

5부
추억으로

목소리 높이는 사람도 자식 자랑하는 사람도
뽐내는 사람도 거짓을 말하는 사람도 없고
권하는 술 평화롭게 마시는 사람만 있는 곳

다른 시간

카페 창으로
반쯤 마신 물잔 속에
키 작은 산이 앉아 있다

세월을 달려온
신산 응어리일 것이다

창가로 뵈는
내려가는 길옆 어린이집
오르는 길옆 노인요양원

냉수를 마셔도 온수를 마셔도
평화롭기는 마찬가지다

책가방 속에 든 넘어야 할 산들
기억 속 켜켜이 쌓여 있는 갈색 추억들
모두가 평화로울 뿐이다

인생사족

글자를 몰랐다면
숫자를 몰랐다면
가는 인생이 이렇게
슬프진 않았겠지

시간을 몰랐다면
계절을 몰랐다면
가는 인생이 이렇게
아깝진 않았겠지

너 너 너
나와 다른 너를 몰랐다면
가는 인생이 이렇게
서럽진 않았겠지

쓸데없이 모든 걸
보고 안 탓이로다

네가 평화로운 건

네가 평화로운 건
네가 가진 배 한 척이 있기 때문이다
질척인 세상 골목 헤쳐 온 잠수함 같은
배 한 척이 있기 때문이야

어둠이 밀려와도
폭풍우가 내리 불어도
뱃전에 고개 숙이고
잠자코 잔소리 듣고 있노라면
묵묵히 얘기 따라가노라면
고요한 새벽 아침이 오고
맑은 햇살 푸른 바다 위를
꿈처럼 나아간다네

모르겠거든
문틀에 잠자코 고개 숙이고
눈 감았다 떠 보소
눈앞에 마누라 환한 미소 비쳐 올 걸세

보리 익는 내 고향

산골짝 밤꽃 향기 자욱할 때
누릿한 보리밭 길을 오르다 보면
길 잃은 어린 소녀처럼 놀라곤 한다

꿩 꿩
산기슭을 흔드는 꿩 울음소리에
가슴이 철렁 콩닥거리고
정적까지 무서워질 때

소나무 둘러선 무덤 봉우리에
빛깔 고운 장끼 한 마리
태연히 올라서서 목을 빼고 있다

까투리를 부르는 듯
할아버지를 깨우려는 듯
꿩 꿩 지축을 흔들고 보리밭 속으로 사라진다

엄마의 쉰 냄새

이렇게 비가 내리면
엄마 품에 안겨 자고 싶다

엄마의 쉰 냄새 맡으며
빗소리 등지고 자고 싶다

눈뜨고 나면
어느새 비 갠 밭에 나가고 없는

속 들고서야 땀과 눈물에 밴
엄마의 쉰 냄새를 알고 아팠다

안 계신 이제야 맑은 날도 재워 달라
잠을 청하고픈 효자가 될 줄은

이렇게 비가 내리면
엄마의 땀에 밴 쉰 냄새가
사무치게 그리워 울컥거린다

아버지는 까만 장화

산모퉁이 바라보며
두 손을 호호 부는
어린 소녀 부푼 가슴
모를 것 같은 그녀의 마음을
아비는 알고 있다

며칠째 퉁퉁 불린
보리알 섞인 죽 끓여 먹이고
오물 묻은 뱃가죽 털 말끔히 빗겨내고
이른 아침 소 팔러 장에 가신 아버지
기다리는 소녀의 하루해는 길고 길다

막걸리 단내 풍기며 긴 달그림자 밟아
집에 들어선 아버지
털썩 내려놓은 장 꾸러미
신문지에 둘둘 말린 조기 세 마리
빨랫비누 두 장 호미 한 자루
까만 장화 한 켤레
더는 없네

어쩔 줄 몰라 눈길 피한 어린 딸
눈물 글썽이는 새끼를 보며
하하하 술내 풍기며 웃어 젖히는 아버지

허리 굽혀 꼴마리를 뒤집으니
빠끔히 얼굴 내미는 하얀 가죽 구두
호호 하하 팔짝 팔짝 뛰는 딸

하하하 호호호
가을 산도 따라 웃는
달빛 아래 산동네

소 부리는 두메산골

고개 넘어 긴 고랑
소를 부려 가꿔 온 땅
봄마다 때가 되면
소 부르러 달려오고
이고 온 소쿠리에
농주마저 비워 가네
이랴 쟁기 몰이 소리에
뉘엿뉘엿 해는 지고
긴이랑 서둘러
빗살처럼 갈고 나면
민들레 하얀 홀씨
저녁놀에 두둥실
산촌에 별이 뜨니
바람처럼 숨이 차고
까만 주름 이마는
인연인 양 눌어붙어
춘삼월 햇살 아래
풀잎처럼 눕는다

물방앗간 허상

어둠 속
하나둘 별이 뜨고
사랑 리듬 품어 주던
개울 옆 물방앗간

힘찬 물 쏟는 소리에
등나무처럼 휘감아
팽이처럼 던져 푸는

물처럼 껴안고
돌고 싶어도

연줄은 헐어 끊어진 듯
물 말라 멈춰버린

물레방아 바퀴 위에
세월이 먼지처럼 앉았다

각시 수련

아무리 무던해도
긴 세월 느긋해도
긴 여운 길게 오래 남더라

네가 곱다 느껴도
내가 싫은 맘 없어도
별빛 바람 스쳐 불면
떠나가더라

물 위에 뜬 하얀 얼굴
봉긋 솟은 노란 가슴
눈빛 없어 떠나노니
찾지도 울지도 말거라

네 마음 빈 곳에
남겨진 눈점 하나 있다면
해 뜨는 먼 날에
다시 또 피어나리라

기슭의 고목

마른 우물에 두레박 내려 보고
꽉 찬 신발장 앞을 서성거려도
삭풍에 윤이 난 사슴뿔처럼
파란 싹 돋아날 기미는 없다
이끼가 다리 타고 올라와
볼품사나운 가슴팍 가려 주니
산기슭 풍상이 쉬었다 가고
호시절 세다가 잊은 무위의 이름들이
별 헤다 죽은 공주의 되뇜 속에
차마 입을 떼지 못하는 시공이 된다
눈부신 꽃은 순간을 잊게 하지만
고통을 알게 했고
향기 좋은 꽃은 정신을 잃게 하여
고뇌 속 타인을 만들었다
마음은 고래로 체면을 뚫는 송곳처럼
까만 고목이 되어도 벼락을 기다리고
시공에 쓰러져도 별빛에 잠들고 싶어 한다

접시에 남은 향기

길 잃지 않고
새로운 길 찾던 시절
모두 흘러보내고서
놀던 자리 잊을세라
뱅뱅 도는 모양이 처량하구나
안 보면 못 살 것 같던
눈에 박힌 그 사람도
세월에 묻혀 어딘가로 떠나가고
마주치기 싫었던 얼굴은
어항 속 수초이듯 마주 미소 짓누나
꽃길이라 여기던 길 지나
뱅뱅 도는 이 길 지나면
꽃마차 타고 새로운 슬픔에
도달하리라

이 길 끝나기 전 못다 푼 미련 따라가
남은 빈 접시에 긁힘 없는 미소 깔아 놓고
향기나 담을까 하노라

숨 쉬는 저녁노을

석양에 부는 바람이
고삐 닳은 가을바람이다
외로움은 문 열린 가축우리 된 지 오래
고독은 깊은 고목처럼 굳어
창백한 숨소리만 무덤처럼 남았다
나풀거릴 것 없는 외양은
불문으로 하더라도
혼자 있어도 주눅 주지 않는
햇살을 위안으로 삼는다
뙤약볕 아래 오랜 안면 트고
검은 이마 녹슨 주름살 속에
좌절 못 미칠 연명의 노래를 채워
버텨 온 덕분이리라
감싸 오는 봄바람 맑은 날
똑 소리 나는 두릅 꼭지처럼
한숨을 거둬 가는 날까지
기다리라며 기다리라며
저녁노을을 작별하고 있다

그리움

얼마 남지 않았나 보다
등잔불이 졸아드는 걸 보니
사랑할 날도 싸울 날도

얼마 남지 않았나 보다
좋은 사람이라고 느껴지는 걸 보니
헤픈 날도 쫀쫀한 날도

정말 얼마 남지 않았나 보다
자나 깨나 문밖을 서성이면서
아무 발자국 소리 그리운 걸 보니

때론 지나는 바람이듯
때론 재래시장 구경나온 사람들처럼

망우역 성당 길로 찾아온다면
맨발로 뛰어나가 안아 맞으리

종점의 어머니

가거나 못내 가거나
만족하거나 만족하지 못하거나
가는 마음속에 있겠지요

내가 보고 있지 않아도
가고 있는 것처럼
세월의 시냇물을
기다리고 계실 거지요

계절이 오고
사람들이 오고 가고
세진 털고 맑은 눈으로 오리라고
아들의 어머니는 기대하고 계실 거지요

해거름 사랑

아름다움은
늘 마지막 앞줄에 있어요
마지막 줄은 아름다운 그림자로
아픈 채 잠들 자리예요

해거름 사랑도
숭고한 그림자로 남는
아픈 사랑이에요

일상의 탈을 벗은 달 항아리 되어
가난한 마음의 끄트머리에서
스러지며 빛나는 사랑이에요

죽음만큼 아픈
사랑이나 삶이에요

해와 달이 뜨는 언덕

누구일까
지인일까 자식일까
검은 자동차가 우회전하여 들어간다

저 언덕 넘으면 은하수 공원
별일 없는 사람은 없고
별 볼 일 있는 사람들이 찾는
은하수 흐르다 이슬 꽃으로 피어나는 언덕

목소리 높이는 사람도 자식 자랑하는 사람도
뽐내는 사람도 거짓을 말하는 사람도 없고
권하는 술 평화롭게 마시는 사람만 있는 곳

이날까지 이 땅을 지켜 온 그 얼굴에
해가 비추고 달이 비추고
모두 침묵에 잠겨
하늘에 흐르는 은하수에
가분히 영혼을 띄우고 있다

간단한 인생

ㅇ 한 푼 없이 왔다가
ㅣ 서서 일하고
ㄴ 앉아서 일하고
ㅅ 살 둥 죽을 둥
ㅐ 애만 쓰다가
ㅇ 한 푼 없이 가는 것

6부
웃자고

시인을 하면
밤낮 영혼이 자유로운데
큰일이다
산부인과 병원은 날로 줄어드는데

그래서

사는 땅은
끝이 보인다

날 수 있는 하늘은
끝이 없다

사람은 걷고
새는 난다

사람이 죽으면
영혼이 난다

그래서

새가 사람들의
조상인가 보다

하늘 아래 나무와 인간

하늘이
한없이 높아도

나무는
저만큼만 자란다

하늘 아래 사람은
얼마나 크려고 할까

나무만큼도 크지 못하면서
하늘 끝을 가리킨다

욕심만
크다

로또

눈 뜨고 찾아올 수 없는데도
다름을 생각할 수 없는데도

눈 감은 양 이별을 사랑하며
불현듯 한 계절의 변신을 꿈꾼다

언제나 돌아서는 건 너였지만
익숙한 이별은 아프지 않고

오히려 헐렁한 신뢰 되어
떠나가지 않을까 겁도 난다

언젠가 다가올
해일을 기다리는 테트라포드처럼

잔잔한 물결 속
욕심을 변명하고 있다

꼭 이런 날

딱 좋은 날
날씨 좋고 기분 좋은 날

꼭 이런 날
시간 있고 돈 있는 날

전화해 술 사고 싶어지는 날
꼭 이런 날

꼭 이런 날
모두 별일들 있다 한다

마누라 없는 날

혼날래

흰머리 난 여성들이 많다
그만큼 의자에 앉아 있는 여성들이
많아졌다는 걸 거야

의자가 편할까
거실 소파가 편할까
거래처가 편할까
이웃집이 편할까
직장 상사가 편할까
편의점 아저씨 아주머니가 편할까
직장 후배가 편할까
대학 후배가 편할까

남편이 편할까
이웃집 남자가 편할까
혼날래!

아침저녁 며느리

아침저녁 인사 잘하는 며느리
존칭만 안 붙였지 상냥하고 공손한 말씨다

행복하세요~ 행복하세요~
그래 고맙다

일주일 내내 전화 한 통 없는
아들 녀석보다 낫다

어떨 땐 나라가
자식보다 나을 때가 많다

속으로만

다행이다

아침 출근길
혼잡한 지하철 안에서
회사 선임 뒷담화 통화하는 여직원

인내 속 다섯 정거장을
같이 보내고

어,
같은 역 내리네

후우
다행이다

출구가 다르군

선

선이라는 게 있어
인간들이 만든 뵈는 선 뵈지 않는 선
굵은 선 흐릿한 선 선 안쪽 선 바깥쪽
살다 보면 좋은 일 안 좋은 일
복잡한 일 너한테만 좋은 일
유독 선 근처에 많은 것 같아

주로 재미 보는 인간들은
선 밟고 선 위에 사는 사람들

여럿일 때는 서로 선 넘었다며
서로 선을 행하고 있는 것처럼
우기고 밀치고 빼앗고

정의의 여신 저울추도
선 위를 왔다 갔다
선을 좁히든지 선을 없애든지

절벽에 핀 꽃

세상은 꽃밭이지만
모두 피는 건 아니야
받쳐 든 꽃가지도 많아

호시절 꽃피지 못하고 일어서지 못해
가져다 달라거나 입구 바꾸려는 것은
못 핀 자들 투정이야

뭇 시선은 반영되어
더 달라는 건 탐욕일 뿐
멀어졌으면 거기로 가 서거나
아니면 그 자리에 피어나면 그만이야

지나가는 사람들 기특한 맘 기억되어
그 이름으로 불릴 수 있는
아스라한 절벽에 걸쳐 핀 꽃이
더 붉게 뵈는 거야

나나

너 혼자라면 모르지만
세상을 변화시키려면
너 먼저 변화시켜라

둘 이상 모이거든
네 땅에 힘쓰려 말고
남들 땅에 땀 흘리라

남들 땅 채우고 고르고
일으켜 세울 적에
모르던 뭇사랑도 네 얼굴 찾으리라

가꾸고 돌보지 않아도
밟고 선 땅 주인 되어
길이길이 빛나리라

알 수 없는 부인병

언제부턴가
이 땅에 부인병이 번지고 있어

서초동 근처에 가면
부인병에 걸린 사람들이 많은 것 같아

왜 그런 병이 도는 걸까
그 누가 옮겼을까

시인을 하면
밤낮 영혼이 자유로운데

큰일이다
산부인과 병원은 날로 줄어드는데

시장에서도 안 판다

매스컴에 나와
국민 들먹이는 사람들

언제 국민에게 물어보고
알아는 보고 하는 소린지

말끝마다 국민이 원하느니
바랐느니 바라느니 위해서라느니

국민 팔기 전 물어보고 얘기들 하소
그전에는 절대 입에 올려
팔지 마소

백화점 시장 마트에서도
안 파오

매번 거름 준 나무

비만 맞아도 잘 크는 나무
봄이 오면 꽃 피고
열매 맺혀 익어 가고
단풍 들어 사람들 마음을 환하게 하지

봄비 맞아도 꽃도 안 피고
열매 맺다 떨어지고
볼품없이 구멍 뚫려
잎 지는 나무도 있어

예쁜 꽃 피우고 튼실한 과일 달리라고
거름 준 나무는 거반 시원찮았어
쓸데없이 잘 열릴 가지 자르고
잘못 자라 지나는 사람들에게 욕먹고

저물녘에는 더 큰 그림자로 부풀리고
속없이 그 속에 들어가 쉬는 사람들도 있어
떡잎 봐 가며 시기에 맞춰 거름을 잘 줘야 해

씨앗 장수가 전한 말

농사 잘되는 땅이야 따로 있지요
예부터 내려오는 땅도 있고요
근래 잘되는 땅도 있고요

여의도에는 좁쌀이라고 하는
조를 심으면 잘 돼요
아니면 쌈 채소를 심든가
쌈 상추 쌈 배추 쌈케일 취나물 달래 같은
주로 쌈 종류 채소가 잘 됩니다
하루 이틀 밤새워도 시들지 않아요
입이 살아 있어요
옆 가게 미꾸라지도 그쪽에서 사 온대요

광화문에는 단연 모를 심어야지요
물길 잡아 벼농사 잘 지으려고
맨날 돌아가며 머리 터지게 물싸움하잖아요
비가 와도 논물 마른다고 횃불 들고 싸우잖아요
저수지 다 말라 간대요

용산요? 해바라기를 심으면 좋아요

기름도 짤 수 있고요
주변에 벌통을 놓으면 농장도 잘 지키고
꿀도 많이 얻을 수 있지요

강남에는 뽕나무가 잘되지요
특히 잠실 쪽에 뽕나무가 유명해요
다른 뽕은 심으면 큰일 납니다

양산 쪽이요?
그쪽은 감자 아닙니까?

삼청동 쪽에는 감 사러 오는 사람이 많아
감나무를 심어야 해요
아파트 재개발 재건축단지에
큰 감이 많이 달린대요

상암 쪽이요
상암 쪽은 응원이나 가서야지요
대~ 한민국 짝짝짝 짝짝 좋잖아요

이천칠백 원이에요
잘 심어 가꿔 보세요

팽이

네가 떠난 후
골목길에 남았어

물 빠진 바닷가 어선처럼 쓰러져
색칠 그린 까칠한 얼굴과

반질거리는 발바닥을 드러내 놓고
갈 곳 잃고 울고 있어

때리면 아프고 어지러워도
아름답게 꽃자리 잡아 줄

내 사랑
거친 바람 같은 사내를 기다려

꽃자리 잡는 팽이

잘 돌아 꽃무늬 띄우려면
산모롱이 곧게 뻗은 웃대를 잘 골라
정성들여 깎아야 해

팽이도 매끈해야 하지만
때리는 사람이 채질을 잘 해야 해
그래야 힘차게 돌다 꽃자리 잡고
예쁜 꽃 피울 수 있어

생각 없이 윗동을 치면 멀리 튕겨 나가고
아랫도리를 때리면 팔짝 뛰다
뒤로 넘어져 휘저어 돌다
아무데나 부딪혀 엎어져

팽이 탓도 채 탓도 할 수 없어
요령 없는 네 마음 탓이야
손뼉 맞추듯 잘 때리고 잘 돌아봐
금방 꽃자리 잡아 꽃무늬 피워 올릴 수 있어
우리잖어 대한민국

권형원 시인 세 번째 시집 『작은 거울』 서평

이시찬 시인, 문학평론가 종합문예지
『문학의 봄』 발행인 겸 편집인

촛불

너를 만나기 전에는
바람은커녕 몸뚱이도 모르는
한 점 무지렁이였지

너의 기원을 듣고서
숨 쉬는 바람이 되었고
평화와 안녕의 함성을 돕는
촛불이 되었어

중략

눈물 흘리고 난 뒤
한 줄기 연기 속
평화의 글씨가 되었어

이 시는 이제까지 앞만 보고 살아왔던 시인의 성찰이며 이제부터 자신이 해야 할 일이 무엇인가를 깨닫는다. 어제를 돌아보고 현재의 자신을 살피며 이를 망설이지 않고 실천한다는 것이

123

결코 쉬운 일은 아니다. 그러나 시인은 새롭게 발견한 세상을 목격하고 성찰에서 얻은 바를 바로 실천에 옮긴다. 짤막한 촛불 하나가 언제든지 자신과 세상을 변화시킬 수 있다는 것을 확신한다. 뭇사람에게 평화가 거저 오는 것이 아니라는 점을 시사하는 작품이다.

봄이 오는 창

따끈한 커피 잔 속에
불씨 남은 벽난로 속에
그리운 사랑이 다가온다

중략

새싹이 돋고 꽃잎이 피어나고
샘가로 구름이 지나고
야생화 사이로 소녀가 길을 간다

중략

가슴 아팠던 배고픈 그리움에
사랑을 알면서도 모른다며
눈감아야 했던 고통 속에
섭리를 알고 해빙을 가늠한
기다린 자만이 느끼는

어마무시한 꿈들이 창가로 모여들고 있다

시에서 가장 많이 등장하는 것이 사랑과 이별 그리고 그리움이다. 그러나 이는 부정적인 측면이 아니라 그만큼 상대에 대한 사랑의 깊이를 대변해 주는 용어들이기도 하다. 커피와 벽난로와 지나간 것들에 대한 회상. 감성이 풍부한 작품으로 카페에서 비 내리는 창밖을 내다보며 읊조려도 어울릴 듯하다.

바람에 흔들리면

계절을 다 돌아도
시선을 거절하는 꽃은 없더라
볼 때마다 흔들리는 꽃이
더 아름답더라

중략

진심은 외로운 구석으로 흔들리고
흐릿하던 눈길은 또렷해지더라
간절할수록 여릿해지고
여릿할수록 간절해 뵈더라

길가의 꽃처럼 스쳐 주기만 해도
흔들거리며 아름다워지더라

어느 시인은 '흔들리지 않고 피는 꽃이 어디 있으랴'라고 했는데 이에 이견을 다는 사람은 없다. 맞는 말이기 때문이다. 흔들린다는 것은 살아 있음이고 존재를 인식시키는 행위이기도 하다. 아무리 아름다워도 흔들리지 않는 꽃은 향기 없는 조화에 불과하다. 이 시는 객관적인 시선으로 꽃이라는 실체를 바라보는 듯하지만, 실은 시적 자아가 실현하고픈 흔들림이다. 곧 부러움과 함께 사실에 접근하고 싶은 시인의 간절한 희망이기도 하다.

충장로 우체국

못다 버린 그리움은
너만큼 아름다운 완성으로
유리 벽 그리움 속에 남아 있다

가을바람 우체국 계단 밑
바람결에 떨며 뒹굴던 은행잎
총소리 정적 후
쉼 없이 쓰러지는 갈대 맘 되어
촌음 속 미소라도 품고 싶었다

다한 사랑 가진 사람 없을 테지만
가장 아름다운 너를
눈으로 알아버린 세상은
슬픔 하나만 남았다

토란잎에 앉은 물방울 같은

네 마음과 함께한 짧은 세상은

죽는 날까지 사는 이유일 거다

어쩌면 첫사랑이 있었던 모든 이에게 해당하는 그리움과 아쉬움 그리고 사는 이유이다. 요즘은 문자, 카카오톡, 메일 등 다양한 소통 수단이 있지만 시인이 사랑하는 이에게 편지를 부칠 때의 설렘은 그 시절을 살아 본 사람만이 안다. 시인이 연애편지를 부치고 바로 답장을 받는다 해도 일주일은 걸리던 시절이다. 그러나 지금은 그 옛날이 아니다. 따라서 어쩌면 영영 오지 않을 편지를 여전히 기다리고 있는 지조가 부럽기도 하다. 다만, 여기에 위안의 한마디를 해 주고 싶다. '그리움은 남아 있을 때 아름다운 것'이라고.

작은 거울

예쁘고 좋은 것만

다가와 안을 수 있기를 원했다

자신이 예쁘고 좋을 수 있다는

생각은 아예 하지 않았다

달려가 웃을 일도

게으르고 인색한 채

돌아선 마음 붙잡을 생각은

더 작고 미적거렸다

나는 왜 활짝 핀 꽃이 될 수 없을까

이렇게 살고서 어떤 모습으로
시들 수 있을까

지나는 사람들에게
어떤 모습으로 남을까

책의 제목이고 서시이다. 옛말에 '호랑이는 죽어 가죽을 남기고 사람은 죽어 이름을 남긴다'고 했다. 사후를 고민한다는 측면에서 인간은 뭇짐승들과 다르고 그래서 만물의 영장이다. 그러나 사후 세계에 대해 누구나 고민해 보지만 심각하지는 않다. 시인은 이제까지의 사사로운 부분까지 성찰하며 현재를 직시하고 미래까지 예측해 본다. 마지막 연에서 '지나가는 사람들에게 어떤 모습으로 남을까'로 자문하는데 이는 현재를 어떻게 살아갈 것인가에 대한 고민의 무게이다.

꽃병이 되리라

너로 일렁이는 생각은
깜박임도 멈춰버린 눈꺼풀
잦아드는 호수의 윤슬 위
마음 비운 빈 배 되었다

너로 물든 마음은
꾸밈없는 다솜의 노예 되어
피지도 않은 꽃밭 앞에서
미소를 그리는 화가가 되었다

너로 채워진 기도는
숨김없이 고백하는 성자가 되어
낯익은 보금자리 탁자 위
한 송이 꽃을 반기는 꽃병이 되었다

낭군을 기다리다 지쳐 죽어 돌이 되었다는 망부석을 연상하
게 하는 작품이다.

한날한시도 잊은 적 없고 앞으로도 어떤 형상으로든 그대 곁
에 있겠다는 다짐이 결국 꽃병이 되어 그대 곁에 머문다는 이야
기다. 이런 사랑은 때로는 손가락질을 당하기도 하는데 그것은
현실에서 만든 잣대의 기준으로 의식할 필요는 없다. 얼마나 아
름다운 사랑이고 그리움인가.

아름다운 길

하늘에도
땅에도 길은 많지요
생각만큼 길이요
고운 맘만큼 생겨난대요

하늘로 난 창을
예쁜 생각으로 바라보면
더 확연히 보인대요

모두 집으로 가는 길
누구든 광야로 발걸음을
한 걸음 한 걸음 옮기다 보면

들꽃 향기를 지나
알 듯한 성자를 만난대요

아름다운 집으로 가는
성자를 만난대요

이 시에서 아름다운 길은 기존의 걷거나 달리는 도로가 아닌
가상의 길이다. 아름다운 집 또한 한정된 공간이 아닌 화자가 머
물고 싶은 미래이다. 시적 자아는 꽃향기를 따라 사랑과 평화 속
에 있을 성자를 찾아 나선다. 그러나 성자는 별개의 형상이 아니
라는 것을 뒤늦게 알게 된다. 가상의 길이나 집, 만나고자 하는
성자는 진정한 나를 찾기 위한 고뇌로 보인다. 시어로 보아 동시
같으면서도 깊은 사유가 담겨 있는 작품이다.

반가운 너

그들은 무모하리만큼

혹한 겨울을 뚫고 나와

움을 트고

꽃을 피운다

부르는 이도

약속한 이도 없는데

그 힘든 여정을 어찌 오는 것일까

그 누가 기다리리라 믿고 오는 것일까

아무하고도 약속하지 않고

누구하고도 귓속말하지 않았지만

꽃을 본 이들은 반긴다

나도 그리 나오지 않았을까

나는 누가 반기는가

　꽃들과 사람의 여정은 닮은 듯 상반된다. 꽃은 망울에서 개화하고 만개할 때까지 뭇사람들의 사랑을 받는다. 서로 시기하거나 차별하지 않고 조화를 이룬다. 반면 사람의 여정은 험난하다. 태어날 때는 대체로 반기고 환영하지만 한두 해가 지나면 시기와 질투부터 배운다. 누구의 탓이 아닌 인간의 본성이다. 이때부터 꽃과 사람의 길이 갈라진다. 적이 생기고 스스로 만들며 상호를 경계한다. 꽃보다 못한 인간계이다. 하지만 인간은 목적 없이 태어나지는 않았다. 따라서 내가 찾지 못할 뿐 분명 나를 반기는 이는 많고도 많을 것이다. 다만, 누구를 찾기 전에 누구를 반길 준비가 우선이다.

엄마의 쉰 냄새

이렇게 비가 내리면
엄마 품에 안겨 자고 싶다

엄마의 쉰 냄새 맡으며
빗소리 등지고 자고 싶다

눈뜨고 나면
어느새 비 갠 밭에 나가고 없는

속 들고 서야 땀과 눈물에 밴
엄마의 쉰 냄새를 알고 아팠다

안 계신 이제야 맑은 날도 재워 달라
잠을 청하고픈 효자가 될 줄은

이렇게 비가 내리면
엄마의 땀에 밴 쉰 냄새가
사무치게 그리워 울컥거린다

엄마라는 이름은 철이 들고 불혹, 지천명을 넘어 환갑이 지난
이들에게도 눈물을 글썽이게 하는 묘한 이름이다. 이 눈물들은

대체로 엄마가 떠난 후 과거를 회상하며 글썽이거나 흘린다는
것인데 이 또한 묘한 현상이다. 생전에 마주칠 때는 부모와 자식
간에 때로는 갈등도 존재한다. 하지만 엄마는 세상에서 가장 아
름답고 거룩한 이름이다.

아버지는 까만 장화

산모퉁이 바라보며
두 손을 호호 부는
어린 소녀 부푼 가슴
모를 것 같은 그녀의 마음을
아비는 알고 있다

중략

막걸리 단내 풍기며 긴 달그림자 밟아
집에 들어선 아버지
털썩 내려놓은 장 꾸러미
신문지에 둘둘 말린 조기 세 마리
빨랫비누 두 장 호미 한 자루
까만 장화 한 켤레
더는 없네

어쩔 줄 몰라 눈길 피한 어린 딸
눈물 글썽이는 새끼를 보며

하하하 술내 풍기며 웃어 젖히는 아버지

허리 굽혀 꼴마리를 뒤집으니
빠끔히 얼굴 내미는 하얀 가죽 구두
호호 하하 팔짝 팔짝 뛰는 딸

하하하 호호호
가을 산도 따라 웃는
달빛 아래 산동네

경제적으로 너무도 어려웠던 시절, 더구나 달동네의 이야기는 참으로 가슴 아픈 사연들로 가득하다. 이 작품은 그 광경을 고스란히 담은 그림이다. 한 끼니를 때우기 위해 힘겨운 노동을 할 수밖에 없었던 당시의 현실, 그러나 서넛 또는 대여섯의 철부지들은 이런 사정을 알 리 없는 보통의 아이들이다. 당연히 아버지의 까만 장화의 용도에는 관심도 없다. 오직 기대했던 하얀 구두를 발견하고 팔짝팔짝 뛰는 어린 딸과 이를 보고 함께 웃는 아버지, 가난해도 행복에는 빈부도 없고 경계가 없다는 것을 잘 보여 준 작품이다.

꼭 이런 날

딱 좋은 날
날씨 좋고 기분 좋은 날

꼭 이런 날

시간 있고 돈 있는 날

전화해 술 사고 싶어지는 날
꼭 이런 날

꼭 이런 날
모두 별일들 있다 한다

마누라 없는 날

꼭 이런 날이 있다. 특히 기혼 남성들에게 간혹 일어날 수 있는
난처한 날들을 재치 있게 그려 놓았다. 시인이 연락하면 상대가
일이 있고 반면 시인이 한창 바쁜데 술 한잔하자며 전화하는 친
구가 있다. 살다 보면 꼭 이런 날과 일이 몇 번은 있다. 기성세대
라면 적어도 한두 번쯤은 경험했을 것이다. 따라서 여기저기서
너도나도 그런 날 있었다며 공감하는 이들이 적지 않을 것 같다.

선

선이라는 게 있어
인간들이 만든 뵈는 선 뵈지 않는 선
굵은 선 흐릿한 선 선 안쪽 선 바깥쪽

살다 보면 좋은 일 안 좋은 일

복잡한 일 너한테만 좋은 일
유독 선 근처에 많은 것 같다

중략

정의의 여신 저울추도
선 위를 왔다 갔다
선을 좁히든지 선을 없애든지

이상하게도 선을 그은 사람들이 선을 지키지 않는 아이러니한 세상이다. 정의의 여신 저울추는 달기도 전에 이미 한쪽으로 기울어져 있는 것이 현실이기도 하다. 공정도 상식도 필요에 따라 손바닥 뒤집듯 하는 이해할 수 없는 세상을 우리는 살아가고 있다. 시인은 이를 알면서도 침묵해 왔던 많은 국민에게 이를 고하고 선을 그은 자들에게 오차 없이 선을 새로 그리라는 강력한 메시지를 던지고 있다.

씨앗 장수가 전한 말

농사 잘되는 땅이야 따로 있지요
예부터 내려오는 땅도 있고요
근래 잘되는 땅도 있고요

여의도에는 좁쌀이라고 하는
조를 심으면 잘 돼요

아니면 쌈 채소를 심든가

쌈 상추 쌈 배추 쌈케일 취나물 달래 같은

주로 쌈 종류 채소가 잘 됩니다

하루 이틀 밤새워도 시들지 않아요

입이 살아 있어요

옆 가게 미꾸라지도 그쪽에서 사 온대요

중략

용산요? 해바라기를 심으면 좋아요

기름도 짤 수 있고요

주변에 벌통을 놓으면 농장도 잘 지키고

꿀도 많이 얻을 수 있지요

하략

　요즘 보기 드문 풍자시다. 시대가 변했다고는 하나 풍자의 선두 주자인 문학이 예전처럼 흔하지도 않고 있어도 촌철 살인적이지 못하다는 점에서 이 작품은 새롭다. 물론 이 시를 떠먹여 줘도 무슨 맛인지 모를 여의도나 용산이겠지만 시기적절하다. 앞서 서문에서 밝혔듯이 시인은 관망자가 아닌 시대의 선지자이다. 따라서 시인은 유일한 무기인 붓으로 정치, 사회 등 전반에 걸쳐 잘못된 부분을 지적하고 바로잡도록 경고할 수 있어야 한다. 이 작품은 이에 대한 답으로 충분하다.

작은 거울

ⓒ 권형원, 2024

초판 1쇄 발행 2024년 8월 7일

지은이	권형원
펴낸이	이기봉
편집	좋은땅 편집팀
펴낸곳	도서출판 좋은땅
주소	서울특별시 마포구 양화로12길 26 지월드빌딩 (서교동 395-7)
전화	02)374-8616~7
팩스	02)374-8614
이메일	gworldbook@naver.com
홈페이지	www.g-world.co.kr

ISBN 979-11-388-3408-7 (03810)

- 가격은 뒤표지에 있습니다.
- 이 책은 저작권법에 의하여 보호를 받는 저작물이므로 무단 전재와 복제를 금합니다.
- 파본은 구입하신 서점에서 교환해 드립니다.